AF499112

46811

LES LETTRES

ET

L'HOMME DE LETTRES

TYPOGRAPHIE DE CH. LAHURE
Imprimeur du Sénat et de la Cour de Cassation
rue de Vaugirard, 9

C.

LES LETTRES

ET

L'HOMME DE LETTRES

AU XIXe SIÈCLE

DISCOURS

QUI A OBTENU LE PRIX UNIQUE DÉCERNÉ PAR LA SOCIÉTÉ
DES GENS DE LETTRES

SUIVI

D'UN DIALOGUE ET D'UN CONTE

sur

LES CHERCHEURS D'OR

PAR

JACQUES DEMOGEOT

BIBLIOTHÈQUE IMPÉRIALE

PARIS

LIBRAIRIE DE L. HACHETTE ET Cie

RUE PIERRE-SARRAZIN, N° 14

1856

Droit de traduction réservé

Z

PRÉFACE.

Nous publions ici le *discours* auquel la Société des gens de lettres a décerné, dans sa séance publique du 17 de ce mois, son prix unique de 2000 fr. M. Sainte-Beuve, rapporteur de la commission d'examen, a joint à cette distinction des éloges qui, venant d'une telle bouche, sont un surcroît de récompense : la Société a dépassé les promesses de son programme. Cependant, malgré la bienveillance de son langage et l'indulgence de ses éloges, le spirituel critique est loin de partager notre avis sur le fond même de la question. Notre thèse, à nous, se résume en ces deux mots : « Il est à désirer que l'homme de lettres ne vive pas de sa plume, et, en ce cas, voici de quoi il doit vivre. » M. Sainte-Beuve dit : « Il est bon que l'homme de lettres vive de sa plume : trouvons le moyen de l'en faire vivre largement. » On le voit, le dissentiment est nettement marqué entre notre honorable rapporteur et nous. Qu'on nous permette donc de transcrire cette partie du rapport, soit comme rectification, si nous sommes dans l'erreur, soit comme pièce au dossier, si le public, ce grand jury de révision, doit nous donner gain de cause. Nos lecteurs y gagneront au moins quelques pages charmantes.

« Le discours auquel le prix a été décerné à l'unanimité des suffrages se distingue par la composition, la justesse de la pensée, le tour aisé et le soin de l'expression ; on sent une plume exercée, châtiée, maîtresse d'elle-même, soit qu'elle coure avec vivacité, soit qu'elle se complaise au développement. Elle s'aiguise d'une fine ironie, lorsqu'elle touche quelques-uns de nos travers : une douce et noble chaleur anime les endroits où l'idéal du bien nous est proposé. L'auteur est évidemment de ceux chez qui le goût s'inspire aux sources de l'âme. Il y est parlé délicatement de la dignité des lettres, de leur rôle dans la société, et surtout de leur part dans la vie. L'auteur continue d'entendre toutes ces choses comme on les entendait autrefois, du temps d'Horace, du temps de La Bruyère et de Vauvenargues. C'est dans ces limites, chères aux esprits d'élite et aux âmes modérées, qu'il circonscrit ses vues, et qu'il aime à tracer le cercle où il voudrait retenir le plus habituellement, ou faire rentrer le plus tôt possible, l'homme de lettres même de l'avenir. Après avoir entendu la lecture (comme on aurait désiré que vous pussiez l'entendre, messieurs), de cette composition vraiment classique et pleine d'urbanité, le jury n'a pas été surpris de rencontrer le nom de l'auteur, M. Jacques Demogeot, professeur de l'Université, connu par une histoire élégante de la littérature française, et par des études d'art et de poésie.

« D'autres concurrents toutefois, moins heureux dans l'exécution, mais louables encore dans la pensée, avaient abordé le sujet par d'autres aspects, et soulevé, sans les résoudre, quelques-unes des difficultés qui demeurent jusqu'ici pendantes. Qui pourrait se le dissimuler, en effet? La condition de l'homme de lettres, comme tant d'autres conditions dans notre société, a changé, et probablement changera de plus en plus; elle est soumise bien autrement qu'elle ne l'a jamais été à ces grandes lois de l'égalité, de l'émulation, de la libre concurrence. Heureux qui peut encore cultiver les lettres comme du temps de nos pères, dans la retraite ou dans un demi-loisir, faisant aux affaires, aux inévitables ennuis leur part, et se réservant l'autre ; s'écriant avec le poëte : *O campagne, quand te reverrai-je?* et la revoyant quelquefois ; et là, dans la paix, dans le silence, mûrissant quelques beaux fruits préférés, résumant dans quelque livre choisi, et qu'on ne recommence pas, les trésors de son imagination ou de son cœur, ou, comme Montaigne, le suc le plus exquis de ses lectures et de son étude ! La littérature, ainsi comprise et cultivée, se peut appeler la fleur et le parfum de l'âme. Mais elle est encore autre chose, messieurs, elle est un instrument plus puissant, ou du moins plus actif, l'expression et l'organe perpétuel des pensées, des travaux de toute une vie. Il est homme de lettres aussi, celui que le feu de son imagination porte sans cesse vers des sujets nouveaux ; qui, doué de verve et de fécondité naturelle, n'a pas plutôt fini d'une œuvre qu'il en recommence une autre ; qui se sent jeune encore pour la production à soixante ans comme à trente ; qui veut jouir tant qu'il le peut de cette noble sensation créatrice et mener la vie active de l'intelligence dans toutes les saisons.

« Il est homme de lettres celui que la nécessité (pourquoi ne pas la nommer, cette mère rigoureuse de plus d'un grand esprit?) — que la nécessité, dis-je, aiguillonne et arrache à la douce paresse, que l'occasion encourage et multiplie, et qui, une fois voué à cette vie de labeur et de publicité incessante, ne déroge point pour cela, ne tombe point par là même en décadence, mais a chance de se varier, de s'élever, de se perfectionner parfois. On parle toujours de La Bruyère et de son livre unique, immortel. Heureux La Bruyère en effet ! Mais qui nous dit que si, dès l'âge de vingt-cinq ans, La Bruyère, dans un siècle différent du sien, avait été obligé pour vivre, pour se faire connaître, de tailler sa plume, d'écrire moins bien d'abord, mais vite, mais toujours, il n'aurait point tiré de lui autre chose encore que ce que nous en avons, et je veux dire autre chose de bien, qui sait? de mieux peut-être? Ces roideurs de style, ces passages qui sentent l'huile dans son beau livre, auraient disparu. Ces portraits et caractères composés si savamment, mais composés et concertés, auraient pris plus de naturel et de vie; les originaux vrais auraient apparu, se seraient développés avec ampleur et abandon, et je ne sais quel charme qui leur manque; je le suppose toujours à l'abri du trop de facilité et de laisser-aller. Il aurait peut-être créé des genres, trouvé des veines que nous ne soupçonnons pas, qu'il n'a pas soupçonnées lui-même. Sans doute faire trop est un danger, mais faire trop peu est une tentation. Il y a bien des couches dans la profondeur d'un vrai talent ; la première couche peut être riche : qui nous dit que la seconde ou la troisième ne le serait pas davantage, si le chercheur d'or, stimulé par un maître sévère, creusait sans cesse et allait plus à fond ?

« Ce ne sont là que des aperçus; ils ont leur vraisemblance, et je ne les crois pas dénués de vérité. En fait, la condition de l'homme de lettres a changé; le nombre est de plus en plus grand de ceux qui, ne pouvant s'assujettir à ce qui fait l'objet de la plupart des ambitions, à ce qu'on appelle *une place*, sont prêts à se confier tout entiers, eux et les leurs, à leur plume, à leur plume seule. A ceux-là, généreux imprudents et qui vont courir tant de hasards, s'ils ont même un véritable talent, que de conseils nouveaux à donner et non prévus par Quintilien, pour leur dignité, pour la conduite et l'économie de leur verve laborieuse, pour la modération des désirs, pour qu'ils ne sacrifient pas l'art au métier, l'inspiration à l'industrie, pour qu'ils ne fassent du moins que les concessions indispensables! S'ils sont aimés du public, et si la faveur, si l'estime ou l'admiration les récompense, il importe de plus que cette récompense, sous ses différentes formes, aille bien à eux, leur revienne en une juste proportion et ne reste point en chemin : c'est à cette condition que leur talent vieillissant ne sera point condamné à une production toujours recommençante, et que là aussi, au bout de la carrière, il y aura la dignité d'un certain loisir. Être homme de lettres comme on est avocat, comme on est médecin, ne vivre que de sa plume, ne relever que du public, des nombreux amis et des clients qu'on s'y est faits, quoi de plus noble et de plus honorable?

Il est si doux, si beau, de s'être fait soi-même,
De devoir tout à soi, tout aux beaux-arts qu'on aime,

a dit André Chénier : mais encore faut-il que ce soit possible, et que l'organisation de la chose littéraire s'y prête. Ici se rencontre une question forcément matérielle, et que les esprits mêmes qui aimeraient le moins à s'occuper de ce côté de la vie ne peuvent éviter. Du moment, d'ailleurs, qu'il y a production d'une richesse dans la société, il y a un possesseur, et il est juste que la richesse produite ne se trompe point, qu'elle n'aille point presque entière à qui l'a moins méritée. De là, des questions positives qui se mêlent aux questions morales et qui intéressent la condition future de l'homme de lettres et sa véritable indépendance. Ces questions complexes étaient peut-être contenues dans votre programme : elles resteront longtemps encore proposées; nous aimons à espérer qu'elles se résoudront peu à peu, et dans un sens qui ne sera pas défavorable, en définitive, à l'honneur des lettres et à l'émancipation de l'esprit. »

On nous demandera peut-être ce que c'est que ces deux pièces de vers que nous joignons à notre opuscule en prose. Pour répondre à cette question, citons encore M. Sainte-Beuve. Nous serions heureux de pouvoir ainsi toujours lui emprunter sa plume.

« Je signalerai seulement deux pièces dignes de mention parmi celles qui ont succombé : l'une, un dialogue extrêmement spirituel, et parfois poétique aussi, entre deux anciens camarades de collége, un poëte et un banquier ; le sujet du concours y est traité un peu trop sans gêne, toutefois. Cet excès de plaisanterie ou de familiarité a nui à la pièce, d'ailleurs aussi élégante que facile. Une autre pièce qui a longtemps attiré l'attention de la sous-commission et du jury est un conte dont la scène se passe en Normandie, et qui sent tout à fait sa littérature familière du XVIIIe siècle, poésie courante, négligée, gracieuse toutefois et spirituelle, dernier souvenir d'un genre ancien et qui s'efface. Mentionner cette pièce et dire qu'elle a compté longtemps dans la balance du jury, c'est montrer au moins qu'on n'a fait exclusion d'aucune manière et qu'on ne s'est enfermé dans aucune école. »

Dans ce mélange de compliments et de reproches, c'est surtout aux éloges que nous avons été sensible. Nous nous sentons très-flatté d'être trouvé familier et simple, ne fût-ce que pour nous distinguer un peu de la foule des écrivains sublimes. Nous ne sommes pas même trop contrarié de notre faux air de ressemblance avec le XVIIIe siècle. Il nous semble, qu'en fait de poésie légère, ce siècle-là avait du bon, et que certaines gens tournaient assez bien alors un conte en vers ou une épître ; que si ce genre *s'efface*, notre littérature ne doit peut-être pas trop s'en applaudir ; qu'enfin faire des vers autrement qu'on ne les fait d'ordinaire aujourd'hui, ce n'est point précisément une raison pour que le public ne les goûte pas. Voilà ce qui nous encourage à avouer la paternité de ces deux pièces, et à confesser publiquement deux échecs pour un seul succès.

J. D.

Paris, 18 avril 1856.

LES LETTRES

ET

L'HOMME DE LETTRES

AU XIXe SIÈCLE.

Si la dignité d'une profession se mesurait à l'antiquité de son origine, l'homme de lettres du XIXe siècle pourrait se vanter d'une illustre généalogie. Le premier qui employa la parole pour plaire et pour instruire, remplit les fonctions d'homme de lettres. Toutefois, ce n'est qu'au sein des civilisations avancées que les lettres deviennent une profession. Il faut que les premiers et indispensables besoins d'une société soient abondamment satisfaits pour qu'elle produise ce double luxe de l'esprit, des écrivains et des lecteurs. Dans la plus haute antiquité, dans la théocratie despotique de l'Orient, les lettres sont le privilége de la caste sacerdotale. A Memphis, à Babylone, tous les écrivains sont prêtres, ou subordonnés aux prêtres. Nous voyons bien à Jérusalem une classe spéciale, les prophètes et quelques autres hommes, deux rois, par exemple, qui, sans appartenir à la tribu sacerdotale, composent des poésies, des histoires, des sentences; mais la nature de leurs écrits, presque tous religieux, et le soin qu'ils prennent de les déposer dans la bibliothèque du temple, soit comme un hommage, soit comme une garantie de durée, indiquent assez la subordination. Dès l'enfance de la Grèce l'émancipation est plus marquée. Les aèdes, les homérides, sont les gens de lettres de cette poétique époque : nous y voyons l'homme de lettres antérieur à l'usage de l'écriture. Plus tard les poëtes, les historiens, les orateurs, les grammairiens, les sophistes, les auteurs de tout genre nous présentent, tant dans la Grèce qu'à Rome, des analogies moins paradoxales et non moins honorables avec ce que nous appelons aujourd'hui homme de lettres.

Mais sans aller chercher si loin nos titres de noblesse, jetons un coup d'œil rapide sur ce qu'a été jusqu'ici dans notre pays la condition des écrivains, afin de mieux comprendre ce qu'elle est, ce qu'elle doit être au XIXe siècle.

L'Europe moderne a reproduit en plusieurs points le développement historique de l'antiquité. Dans la théocratie du moyen âge, comme dans le vieil Orient, l'homme de lettres est encore le prêtre, ou du moins le clerc. Mais, comme en Grèce, il se détache çà et là du sanctuaire par le trouvère et le jongleur. Le clerc garde pourtant la meilleure part, le dogme, la morale, la chronique : il ne laisse au chanteur mondain que d'assez frivoles poésies, encore lui en dispute-t-il souvent le privilége. Entre un clergé qui possède les âmes et une féodalité ignorante et guerrière, il n'y a point de place pour une classe de lettrés distincte et indépendante.

Ce n'est guère qu'avec l'imprimerie, au XVe et au XVIe siècle, que les écrivains apparaissent comme une profession spéciale. La Renaissance achève de les séparer du clergé, par un esprit nouveau qui les fait contemporains des grands hommes du paganisme. Quelques-uns s'en éloignent encore davantage par la Réforme. C'était certes un heureux début pour cette classe naissante que de présenter au monde des hommes tels que les Estienne, les Scaliger, les Érasme, et surtout les Montaigne. Toutefois, si l'on met à part un certain nombre de grands noms, on peut dire qu'en général, l'homme de lettres du XVIe siècle adore l'antiquité, sans la bien comprendre, dédaigne le présent qu'il comprend moins encore, vit seul ou avec ses pareils, lit beaucoup, écrit assez et pense peu.

Au début du XVIIe siècle le lettré français se rapproche du monde qui se polit. Des ruelles élégantes l'environnent de leurs séductions et humanisent son pédantisme. Dans l'excès de sa reconnaissance il s'abdique un peu lui-même et se laisse imposer les goûts frivoles de ses hôtes. Budé et Ramus deviennent Voiture ou Benserade, et le grand Corneille tresse la *Guirlande de Julie*.

Mais bientôt arrive Richelieu, bientôt Louis XIV. Voici l'Académie française; voici Versailles. Les bénéfices, les pensions royales assurent aux gens de lettres une modeste aisance. Honorés plus qu'enrichis par le souverain, ils marchent presque les égaux des grands seigneurs qui les protégeaient naguère. Ils n'ont plus qu'un seul maître; et ce maître est le roi. Aucune idée humiliante ne s'attache à ce servage : une habitude d'esprit dont nous tenons aujourd'hui trop peu de compte, confond alors dans l'opinion publique l'idée de roi avec celle de France : le roi, c'est l'État. Sous cet abri puissant, les lettres sont libres dans leur sphère : les idées générales, immortel héritage du genre humain, se revêtent de la majesté d'un beau et simple langage : toute vérité peut se faire jour, si elle demeure en dehors d'une application immédiate. Le roi *veut bien prendre sa part; mais il ne veut pas qu'on la lui fasse.*

Cette barrière est franchie au XVIIIe siècle. La France donna alors le magnifique spectacle d'une nation tout entière qui cherche de bonne foi le vrai et le juste, et ne reconnaît en toute chose d'autorité que la raison. La société en masse réalisa le doute méthodique de Descartes. Les gens de lettres, auteurs de ce mouvement, le gouvernent, le dirigent, et quelquefois l'égarent. Sans mettre officiellement la main au timon des affaires, ils sont en réalité les maîtres et les rois. Comme l'Église au moyen âge, ils possèdent les âmes : que peuvent-ils désirer de plus? « Dieu, disait Galiani dans une arrogante plaisanterie, a partagé les rôles entre les sages et les sots. Ayant départi aux sages la faculté de donner des conseils, il fallait bien, à moins de laisser les sots inutiles, qu'il leur donnât le droit de gouverner. » Les gens de lettres n'auront pas toujours cette insolente modestie.

Au XIXe siècle, les principes des philosophes ont passé dans les faits; la Révolution est accomplie; la nation, reconnue souveraine. Ce changement de dynastie se manifeste, à l'égard de l'écrivain, d'une manière matérielle et incontestable. Ce n'est plus d'un grand seigneur, d'un monarque, qu'il attend sa considération et sa fortune, c'est du public, c'est de la foule. Au lieu d'une mince abbaye, d'une pension chétive et précaire, les favoris du nouveau maître obtiennent de sa curiosité quelquefois un large budget. Ce qu'on a dit de l'esprit, on peut le dire plus véritablement de la richesse : il y a quelqu'un de plus opulent que les Montauron et que les Louis XIV; c'est tout le monde. Examinons l'homme de lettres en face de ce nouveau pouvoir;

suivons-le à la cour de ce souverain multiple, et constatons les avantages et les dangers qui naissent pour lui de cette position.

Le nouveau prince que l'homme de lettres doit servir est un singulier mélange de qualités et de travers. A dire vrai, ce mélange même est son vice caractéristique. Il possède toutes les idées justes, tous les sentiments honnêtes, mais il a en même temps toutes les erreurs et tous les défauts. Mobile à l'excès, il passe sans rougir par toutes les contradictions, et se laisse emporter au flux et au reflux de l'opinion. Horace l'appelait déjà de son temps un « monstre à mille têtes; » et, depuis Horace, les têtes ont changé, mais en augmentant. Toutefois le bien domine en fin de compte, et voici comment. Les erreurs sont infinies, tandis que la raison est une. Dans cette foule dont l'ensemble s'appelle le public, chaque individu a ses préjugés, ses bizarreries, ses vices. C'est en cela qu'il diffère des autres : par son bon sens, il s'en rapproche. Il y a mille façons de divaguer : il n'y en a qu'une d'être sage. Il est bien vrai qu'on peut l'être à divers degrés, et que les vérités progressives semblent se succéder, comme dit Pascal, du pour au contre[1]. Cependant elles ne se contredisent pas; elles se

1. Hegel a mis cette loi du monde moral dans tout son.... développement; je n'ose dire dans tout son jour.

complètent : c'est une série d'horizons concentriques, qu'on découvre successivement à mesure qu'on s'élève ; mais le plus rapproché est vu de tout le monde ; c'est cet horizon qu'on appelle le bon sens. Les erreurs donc étant individuelles, et le bon sens étant le *sens commun*, les travers particuliers se combattent, se neutralisent, et la raison, comme on l'a dit, finit par avoir raison.

Le public est donc en somme un souverain raisonnable ; mais il ne l'est pas à toute heure : il faut savoir l'attendre, le pressentir et distinguer ses volontés de ses caprices.

Il est de plus un juge fort compétent des travaux de l'esprit, un connaisseur délicat et universel. Toutes les sciences, tous les arts sont de son domaine : il a bien ses préférences, ses prédilections ; mais il n'exclut, il ne méprise rien. Il est à la fois poëte, astronome, agriculteur, financier, chimiste ; il a du temps pour toutes les recherches, des yeux pour tous les livres. Denis de Syracuse se prit un jour à aimer la géométrie : toute la Sicile fut géomètre. Louis XIV n'aimait pas *le gaulois* ; ses poëtes et ses architectes ne firent que du grec. Notre Denis à nous, hommes du XIXe siècle, aime les mathématiques ; mais il goûte fort les romans : notre Louis XIV affectionne l'art grec ; mais il est grand partisan du gothique. Et qu'on ne dise pas que le nombre des connaisseurs est imperceptible, que la masse est ignorante et n'entend rien aux questions qui s'agitent autour d'elle : il y a dans le public, et surtout dans le nôtre, dans notre Athènes moderne, je ne sais quel sentiment délicat du beau et du vrai, qui semble deviner ce qu'il n'a pas appris et odorer ce qu'il ne voit pas. Si l'on analyse ce curieux phénomène, on en trouve une explication facile : il se forme spontanément dans un peuple, comme dans une assemblée délibérante, des commissions et sous-commissions peu nombreuses, mais éclairées, qui se chargent d'instruire les affaires. Toutes les opinions se font jour dans leur sein : il y a rapport et contre-rapport, discussion, arrêt motivé ; et cet arrêt n'est jamais définitif ; on peut toujours l'attaquer, ce qui fait qu'on le respecte. Les savants examinent la question ; les gens instruits apprécient les savants ; le vulgaire suit les yeux fermés. Malgré nos grands airs d'indépendance, nous sommes en réalité et heureusement fort dociles à nous laisser conduire. En tout nous adoptons très-volontiers le jugement des hommes du métier. Nous aimons mieux croire que vérifier : c'est plus satisfaisant pour notre bon sens et plus commode pour notre paresse. Qui de nous, profanes, a sondé les bases de telle ou telle réputation scientifique ? A est néanmoins pour nous tous un grand mathématicien, B un illustre chimiste. Vingt personnes l'ont jugé ainsi : deux cents ont reconnu la compétence des vingt juges; cent mille répètent leur arrêt : tout cela, voix et échos, c'est le public, et le bruit que cela fait s'appelle la gloire.

Enfin, le souverain du XIXe siècle se distingue de ses devanciers par l'absence de tout égoïsme et de toute préoccupation personnelle. Vous pouvez impunément en médire, le railler; si vous le faites avec esprit, il sourira lui-même. Dévoilez sans pitié ses vices et ses travers : le public est bon prince. Il a bien ses flatteurs, comme les autres, et il écoute avec plaisir les louanges ; mais il aime peut-être encore mieux la satire. Chaque individu a un voisin auquel il la rapporte. Le peuple est toujours cet excellent DÉMOS d'Aristophane, qui applaudit joyeusement à sa caricature.

Tel est, selon nous, le nouveau maître des gens de lettres. Examinons les faveurs qu'ils peuvent espérer de lui. Quand le pouvoir est un concours incessamment ouvert, il est assez naturel que les plus capables y prétendent. Les *sages* de Galiani n'ont pas toujours la sagesse de se résigner à *donner des conseils*. Voilà donc l'homme de lettres qui abandonne la sphère des idées, où il trouvait sa force, pour celle des affaires, où il l'épuise. Il n'écrit plus ; il gouverne. De poëte, il se fait député, ambassadeur, ministre. Mais tout autre chose est le regard perçant qui du haut de la montagne découvre, au-dessus des orages, les vastes horizons de l'avenir, et la force d'un bras infatigable qui, au fond de la vallée, lutte contre les menus obstacles qu'enfante à chaque pas le présent. L'homme absolu se fait un système et veut le réaliser sans délai : l'homme pratique a un but moins idéal et plus voisin ; il tourne les obstacles, quand il ne peut les franchir, et subordonne toutes ses pensées à la fin prochaine qu'il veut atteindre. Admettons qu'un homme de lettres possède ces deux facultés si diverses : du moins ne pourra-t-il les appliquer à la fois. Les forces du corps ont leurs limites ; le temps, à coup sûr, a les siennes. Le cabinet, les conseils, les audiences, les devoirs de toute sorte, les soucis, les affaires, les plaisirs qui sont des affaires, suffisent et au delà pour absorber tous ses instants. Un ministre ne peut écrire que des volumes de signatures.

Voilà le premier écueil où ont échoué, je ne dis pas où se sont brisés, plusieurs de nos plus heureux talents : l'ambition politique. Cette passion, toutefois, décime les lettrés, sans corrompre les lettres : l'écrivain qui se fait administrateur dépose sa plume, et c'est tout. Il y a un soldat de moins dans la file : on serre les rangs ; le coup qui l'a frappé n'a rien de très-effrayant pour les autres. Il résulte même un bien de ce contact des lettres et des affaires : le corps entier des auteurs reçoit de proche en proche, comme dans une chaîne électrique, un mouvement salutaire. Le sentiment du réel devient plus vif et plus précis; les pensées sont plus sérieuses, les mots se remplissent, la déclamation s'évapore. Les lettres, moins étrangères au monde, en obtiennent plus de respect, plus de confiance. D'ailleurs, le talent qui ne s'anéantit pas dans la vie orageuse des affaires s'y fortifie et s'y renouvelle. Si parfois, par un de ces changements ordinaires sur la scène politique, l'écrivain homme d'État retrouve ses loisirs, et qu'il ait encore la force de reprendre sa plume, alors il rapporte à sa profession bien-aimée un trésor d'observations et de souvenirs : c'est un voyageur enrichi qui revient dans sa patrie.

Il est une autre espèce de faveurs plus nécessaires à la fois et plus dangereuses que les hommes de lettres du XIXe siècle attendent et reçoivent du public : c'est pour beaucoup le pain de chaque jour; pour quelques-uns, l'aisance, la richesse. Cette rémunération des auteurs s'accomplit de nos jours sous une forme toute particulière et essentiellement distincte de celle des temps passés.

Le fait dominant et caractéristique de notre époque, c'est l'essor prodigieux de l'industrie. Rien n'égale cette magnifique conquête du monde physique accomplie par le génie de l'homme. La vapeur dirigée, les machines substituées aux bras, la vitesse des transports dépassant les rêves de l'imagination; le fluide bruyant qui nous menaçait dans la foudre, devenu le docile messager de nos besoins et de nos caprices; la lumière, rivale du pinceau, fixant sur le papier les images les plus fugitives; toutes les forces de la nature venant l'une après l'autre, comme des géants domptés, s'asservir sous la main d'un enfant; voilà les prodiges dont notre siècle a été et doit être le fortuné témoin. L'industrie, reine de notre époque, a ses fêtes splendides, ses triomphes universels où elle convie le monde entier et l'amène. Appuyée sur la science, servie par le commerce et les institutions de crédit, elle a ses princes qu'elle couronne d'un diadème d'or; grands propriétaires, puissants banquiers, suzerains d'ateliers et de comptoirs, plus riches que des rois et plus indépendants. Dans un siècle industriel tout se fait industrie; dans une époque de commerce tout devient marchandise. De tout temps les gens de lettres ont pu tirer de leurs travaux un légitime bénéfice : aujourd'hui ils y cherchent un revenu régulier, une fortune. Et pourquoi non? Le talent d'écrire est une propriété; un livre est un produit, qu'on peut acheter et vendre. Quoi de plus beau pour l'écrivain que de dépendre de lui seul; de s'enrichir par son travail ; de voir l'approbation publique, comme un suffrage universel, lui apporter franc par franc sa célébrité, et le profit s'identifier avec la gloire? Ainsi plus de monarque à flatter; plus d'humbles dédicaces à faire; plus de temps à perdre dans les antichambres et les cours; plus d'assouplissement de caractère; plus de compromis gênant entre la conscience et l'intérêt. L'homme de lettres n'a d'autre maître que le public : et c'est, nous l'avons vu, un maître juste, intelligent, débonnaire, qu'il faut servir et non flatter.

Le public lui-même semble ne devoir pas moins profiter que l'homme de lettres de cette organisation industrielle de la littérature. Les écrivains, excités à travailler sans cesse, ne laisseront pas stériles les talents dont ils sont doués. Nous n'aurons plus à nous plaindre du *silence prudent* des Conrarts; et l'on ne verra plus la muse des Chapelains, enceinte d'une espérance d'épopée que pensionne un grand seigneur, prolonger pendant vingt années sa fructueuse promesse. Le peuple prend ses ouvriers littéraires à la tâche : il paye chacun selon ses œuvres. Si vous dites que l'abondance des produits nuira à leur qualité, on vous répondra que s'il faut vendre beaucoup pour s'enrichir, il faut produire du bon pour vendre beaucoup; ainsi l'intérêt des auteurs est le garant de leur travail, le public en reste le juge.

A ces avantages qu'on peut alléguer en faveur de la position présente de l'homme de lettres, hâtons-nous d'opposer les inconvénients qu'elle entraîne.

Le plus saillant, c'est en effet cette multiplicité des œuvres. L'intelligence n'est point une machine ; elle n'est pas faite pour produire sans relâche : ses œuvres se pèsent et ne se mesurent pas. Le génie n'est souvent qu'une seule grande idée, qui se produit dans plusieurs épreuves successives, jusqu'à ce qu'elle arrive à sa forme définitive et parfaite. La tourmenter au delà c'est la gâter et l'affaiblir ; c'est un libertinage d'esprit, qui ne procrée qu'une race dégénérée. « L'acheteur exige du bon, a-t-on dit ; il n'achète qu'à cette condition. » Mais le bon est un terme relatif : sans doute on lui vendra du passable ; mais c'est de l'excellent qu'on aurait pu lui donner, sans cette fatale nécessité d'écrire à la tâche. La précipitation du travail, l'avantage matériel de la prolixité, la séduction des entreprises rapides, tout contribuera à énerver l'esprit de l'écrivain ; tout fera avorter le génie en talent, le talent en misérables frivolités.

« Le public restera le juge. » S'il ne s'agit que d'obtenir son estime, nous l'avons dit, elle est assurée à toute œuvre excellente ; mais si on lui demande avant tout son argent, il s'en faut bien que la récompense soit la mesure exacte du mérite. Les meilleurs livres ne sont pas ceux qu'on achète le plus. Le besoin ou la passion du gain détournera donc l'homme de lettres de composer des ouvrages solides mais sérieux, que cinq cents personnes comprennent et achètent, et qui n'en sont pas moins quelquefois le flambeau où toute une époque emprunte de proche en proche sa lumière. S'ils se publient dans les conditions ordinaires, ces importants ouvrages, pressentant peu d'acheteurs, s'établiront à très-haut prix, ce qui les rendra moins accessibles encore : l'effet, comme toujours, réagira sur sa cause et en doublera l'énergie.

Mais après tout, dira le partisan aveugle des publications populaires, le mal sera bien compensé. C'est la foule qu'il faut instruire. Qu'importe qu'il y ait quelques gros livres de moins condamnés à dormir dans la poussière des bibliothèques, si l'instruction se répand, si la masse de la nation devient plus éclairée et meilleure ? — Ah ! sans doute ! pourvu qu'on élargisse le fleuve, qu'importe qu'on tarisse la source ? Mais acceptons le débat même sur ce terrain : voyons si le *commerce des lettres* est en réalité si favorable à l'instruction et à la moralité des masses.

Croit-on par hasard que les masses achèteront de préférence les livres les plus moraux et les plus instructifs ? C'est supposer faite l'œuvre qu'il s'agit de faire : c'est croire les masses morales et instruites. Non : l'écrivain qui, abdiquant sa noble mission, ne verra dans ses œuvres qu'une marchandise à vendre consultera les goûts, non les besoins de l'acheteur. Il vendra, s'il le faut, de l'opium à ces Chinois avides d'une funeste ivresse : il ne s'arrêtera pas devant l'immoralité, si l'immoralité est d'un bon rapport, et s'il ne rencontre la loi qui le menace. N'osant enfreindre la loi, il rusera avec elle, voilera son cynisme, l'embellira d'une délicate parure ; d'autant plus dangereux dans ses doctrines et dans ses tableaux, qu'il se fera plus aimable et plus séduisant. Le goût n'aura pas moins à perdre que la morale. Au lieu d'imprimer une direction à l'esprit public, ce qui est le privilége et le devoir de l'écrivain, l'auteur marchand écoutera d'une oreille attentive de quel côté souffle le caprice populaire, afin d'y déployer servilement ses voiles. Il copiera les autres, se copiera lui-même, ruinera son originalité au profit de son succès, et escomptera la gloire pour la vogue. La raison publique fait en somme bonne route, avons-nous dit ; mais elle ne cingle pas en ligne droite ; elle louvoie. Les écrivains pressés de réussir prendront pour ligne chacune de ces bordées. Chaque jour amenant sa mode, ils écriront pour chaque jour et ne dureront pas davantage. Leurs œuvres vieilliront vite, comme vieillissent les caprices ; et, s'ils parviennent par hasard à la postérité, ils n'auront chez elle d'autre immortalité que celle du ridicule.

C'est une erreur de croire que l'intérêt même de l'écrivain lui défendra toujours de sacrifier la qualité à l'abondance. Sans doute au début de la carrière, quand il s'agit de se faire un nom, la qualité est indispensable : une grande célébrité ne s'établit jamais sans un certain talent. Mais, comme l'a très-bien dit La Bruyère, « il est plus difficile de se faire un nom par un ouvrage excellent que de faire valoir un ouvrage médiocre par le nom qu'on s'est déjà acquis. » Bien des auteurs ne vivent que de leur crédit, et il est plus d'un grand homme qu'on n'admire désormais que par habitude. La réputation ressemble à nos locomotives, qui vont longtemps encore après qu'on a suspendu l'action de la vapeur. Une fabrique renommée a devant elle, si elle le veut, dix bonnes années de pacotille.

J'ai parlé de *fabrique*. . . . .
. . . . (1)

Après avoir montré à l'homme de lettres du XIXe siècle les avantages et les dangers de sa nouvelle position, nous devons lui donner fraternellement nos conseils, ou plutôt nous les donner à nous-même. Qu'on nous pardonne de prendre le rôle de moraliste : nous espérons faire comme cet orateur sacré qui, assez peu dévot de sa nature, prêcha tellement la pénitence qu'il finit par se convertir.

Il nous semble que ce qui empêche le plus de

1. Passage supprimé à la demande de la commission.

235 IMPR.

réussir, c'est la passion exagérée de réussir. Le moyen de parvenir au grand succès serait peut-être de moins rechercher le petit. Nous sommes trop gens de lettres, nous ne songeons pas assez à être hommes. Il faudrait moins écrire et réfléchir davantage; il faudrait fortifier en nous, par la vie intérieure, la pensée, source de tout vrai talent. Regardons les auteurs du grand siècle : quelle continence d'écrire! quelle féconde paresse! Presque tous ne lèguent à la postérité qu'un petit livre; mais derrière ce livre est une vie tout entière de pensée et de passion. C'est un pur rayon de miel; mais que de fleurs de toute espèce employées pour le produire! Leurs livres n'étaient que la meilleure partie de leur âme; ils vivaient leurs ouvrages avant de les écrire. Aujourd'hui la vie et l'œuvre sont trop distinctes. Les uns, scribes laborieux, entassent dans de lourds volumes une érudition qui n'a rien d'eux-mêmes. D'autres, viveurs joyeux et splendides, ouvrent à certaines heures leur atelier d'écrivains : alors, s'ils osent être sincères, ils restent vulgaires et grossiers; s'ils cherchent à élever leurs livres au-dessus d'eux-mêmes, ils demandent à leur imagination seule des pensées nobles qu'une vie sensuelle leur refuse. De là peu de franchise et par conséquent d'éloquence dans leur parole : c'est une voix de tête où la poitrine n'est pour rien. Soyons vrais avec nous-mêmes; c'est le moyen de l'être aux yeux des autres. Soyons fermes et convaincus ; c'est le moyen de le paraître.

Un grand mal, c'est que l'homme de lettres, qui, par profession, devrait être le guide de ses contemporains, est atteint lui-même de la contagion commune, l'indécision des principes, l'incertitude des convictions. Il est même en général moins fixé dans ses croyances que le public auquel il s'adresse. Habitué à remuer des idées, il devient sceptique à l'égard de toutes ; il les accepte au hasard, suivant l'effet qu'il veut produire. Il leur demande non d'être justes, mais d'être frappantes ; non d'exprimer une vérité, mais de produire une belle page. Le talent de nos écrivains porte la peine de ce défaut de moralité. A travers tout leur esprit, on sent le vide de la doctrine : on comprend que, sur ce qui nous touche le plus, ces hommes n'ont rien à nous apprendre ; et le bon sens du public reste indifférent pour eux, comme ils le sont eux-mêmes pour les intérêts les plus chers de l'humanité.

Nous accusons notre siècle d'être sceptique ; peut-être le calomnions-nous. Parce que ses croyances ne s'emprisonnent pas toujours dans la forme arrêtée d'un symbole, nous sommes portés à dire qu'il n'a point de croyances. Accoutumés à voir les diverses sociétés religieuses s'entourer, comme d'un rempart, de leurs sévères exclusions, nous croyons volontiers qu'il n'y a pas de foi sans catéchisme, pas d'église sans hiérarchie. Nous ressemblons à un enfant qui, nourri sur les bords d'une étroite rivière, ne comprendrait pas l'océan. Il existe (on ne le dit pas assez) une vaste confédération qui n'est pas faite de main d'homme, dont le caractère même est de ne rien exclure, qui embrasse toutes les autres dans son sein, et qui tend à pacifier toutes leurs discordes. C'est l'association tacite, mais fort réelle des esprits éclairés, la communion sainte des lumières de la raison, communion offerte à tous, et à laquelle tous participent plus ou moins, selon leurs forces ; en un mot, c'est la civilisation. Quel magnifique spectacle que de voir cette patrie universelle des intelligences s'étendre sans limites dans l'espace et le temps, embrasser dans son sein l'ancien et le nouveau monde, établir partout le règne de l'opinion, adoucir les horreurs de la guerre et faire respecter même dans les combats les saintes lois de l'humanité[1]. Le monde tend à s'unir par la vie de la

1. Nous pourrions citer mille exemples d'humanité et de courtoisie donnés dans la guerre présente par les officiers des nations belligérantes. Nous aimons mieux signaler un fait bien simple, mais qui constate clairement l'union spirituelle dont nous avons parlé. Le 27 août 1855, l'Académie des sciences de Paris a reçu, de la Société des naturalistes de Moscou, une invitation à la séance solennelle qui doit se tenir le 23 décembre prochain, jour anniversaire de la fondation de leur société. Si

pensée. Pas un événement qui ne lui donne sa secousse : il semble qu'un fil électrique, vaste ceinture du globe, joint non-seulement les lieux, mais les âmes; et que, comme un corps organisé, le genre humain se sent tout entier dans chacune de ses parties. L'idée écrite, livre ou journal, est le sang qui circule et porte partout la vie. Jamais plus vaste société ne fut jointe par un lien plus indissoluble; jamais les hommes ne furent plus frères.

Voilà l'immense, l'universelle église, dont l'établissement n'est pas le projet d'un rêveur, mais un fait constant, aussi bien qu'admirable; pareille à la victorieuse république que proclamait un de ses généraux, elle n'a pas besoin qu'on la reconnaisse, elle se prouve par son éclat. Elle renferme dans son sein toute vérité connue de l'homme; toutes les découvertes de la science, tous les faits constatés par l'observation des sens ou par l'instinct du cœur, tous les axiomes de la raison et de la morale sont les dogmes bienfaisants qu'elle nous propose. Nul n'est contraint de les croire, sinon par l'évidence : le seul châtiment de l'incrédulité, c'est l'ignorance et ses suites. Cette église est pacifique et tolérante, comme la vérité qu'elle possède et

les membres de l'Académie, en raison des circonstances, ne peuvent honorer de leur présence cette solennité, ils sont priés de s'y faire représenter au moins par l'envoi de quelques ouvrages et de quelques mémoires.

recherche. Sûre de son triomphe, elle ne songe pas à le hâter par la persécution : son seul prosélytisme est un grave et noble enseignement. Son sacerdoce n'est point désigné par un signe hiérarchique : apprendre, c'est recevoir l'onction; instruire, c'est exercer le ministère. Sans préjudice des cultes particuliers, que ses membres professent ou révèrent, elle a un culte général, commun à tous, comme son dogme, c'est d'établir le règne de Dieu *sur la terre comme au ciel*, de faire passer dans les faits l'action des lois que l'intelligence a découvertes dans le domaine des idées. *Dieu a fait l'homme à son image :* l'homme refait le monde à la sienne, et par conséquent à celle de Dieu ; il introduit la discipline parmi les forces de la nature, la justice dans la société. Il continue chaque jour l'œuvre de la création, subordonnant à la pensée les choses inertes, et les faisant monter ainsi à un plus haut degré de vie. Son souffle anime la matière ; il en fait non-seulement l'esclave de ses besoins, mais encore l'interprète de ses idées. Le marbre, la toile, le papier, empreints de la pensée de l'artiste, deviennent comme les signes vivants qui communiquent à l'âme des autres hommes l'idéal divin de la beauté.

Voilà l'œuvre sainte à laquelle nous convions pour sa part l'homme de lettres. Qu'il soit toujours le prêtre de la civilisation ; qu'il dédaigne d'en être le bouffon ou le parasite. Qu'à l'exemple de notre vieux et immortel Corneille, il attache le pathétique au sublime, et enivre nos âmes de ces fières émotions qui l'agrandissent. Je ne dirai point « que le poëte se fasse moraliste, qu'il dogmatise, qu'il enseigne! » Non! Qu'il soit vrai, qu'il soit grand; qu'il comprenne son siècle et l'exprime; que, pareil aux végétaux du globe, il aspire l'atmosphère et la respire purifiée; qu'il s'élève à toutes les hauteurs de l'art, il atteindra en même temps à celles de la morale. La vérité est toujours sainte; elle sanctifie tout ce qu'elle touche. Le beau, le juste, le vrai sont les aspects différents d'une seule et même chose, les faces diverses d'une même pyramide; elles semblent éloignées à la base, elles se réunissent au sommet.

Il nous reste à effleurer une partie délicate de notre sujet, une question qui, bien ou mal résolue, rend les autres solutions possibles ou chimériques. L'homme ne vit pas seulement de gloire, la bouche la plus éloquente ne peut se passer du pain de chaque jour. Si vous ne voulez pas que les lettres soient une marchandise, dites-nous de quoi vous ferez vivre l'homme de lettres? D'abord, je suis très-porté à simplifier le problème en le réduisant. Je n'ai pas besoin de montrer comment l'homme de lettres s'enrichira, parce que je ne vois nulle nécessité à l'enrichir. La richesse n'est guère moins nuisible à l'écrivain que la misère. Elle a ses soucis, ses fatigues, ses bruyants et âcres plaisirs, qui affadissent les joies austères de la pensée; elle a enfin contre elle le fléau commun de toutes les puissances, les flatteurs. Je sais que l'homme de lettres ne doit pas vivre éloigné du monde, il perdrait dans une solitude absolue les occasions d'observer et la puissance d'agir. Qu'il voie la société, mais sans prétendre y briller par les avantages de l'opulence. Qu'il y porte fièrement sa pauvreté comme une distinction et un privilége. Qu'il y paraisse avec le prestige d'un noble caractère, et, s'il le peut, avec l'éclat de la gloire : le monde estimera celui qui pourrait conquérir la richesse et qui sait s'en passer. Loin d'avoir à craindre le dédain des salons, l'écrivain illustre devra plutôt redouter leurs séductions importunes. C'est surtout avec ses pareils qu'il doit vivre. S'il est bon, sincère, affectueux, il trouvera, chez les gens de lettres qui lui ressemblent, de tendres et délicieuses amitiés. La vie de l'intelligence est plus douce quand on la vit plusieurs ensemble. On met en commun ses idées, et elles deviennent plus chères par le souvenir des hommes qui les partagent. Quel charme de penser et de sentir à deux ou trois! Que de bonheur dans ces modestes réunions du soir, où, sans déborder, la parole ne tarit jamais; où l'idée flotte à la dérive, et, dans les mille sinuosités d'une causerie sans prétention, découvre çà et là mille sites étranges, mille points de vue inconnus et ravissants. C'est la méditation à double ou triple puissance; c'est la mémoire disposant de deux ou trois cerveaux. Les heures s'écoulent, la nuit s'avance; la pendule seule s'en aperçoit : et quand ses coups réitérés donnent, comme avec impatience, le signal du départ, on quitte ou pour le repos ou pour le travail solitaire cette conversation, qui est elle-même le délassement le plus délicieux et le plus fécond des travaux.

Mais j'oublie aussi le temps dans cette heureuse peinture : si je n'enrichis pas l'homme de lettres, je dois au moins m'occuper de le nourrir.

Je voudrais, je l'avoue, qu'il ne demandât pas son pain à sa plume. Le ministère de la pensée me semblerait à la fois plus noble et plus indépendant, si celui qui l'exerce n'en attendait pas le salaire. N'écrivant que sous la pression d'une idée, son style serait toujours plein, vrai, naturel. Il attendrait, pour produire, ce que Buffon appelle « le point de maturité de la pensée. » Il écrirait avec passion, on le lirait avec plaisir. Je souhaiterais donc que l'homme de lettres eût une modeste aisance et la sagesse de s'en contenter. Mais dire à un auteur : Ayez des rentes, c'est un conseil plus facile à donner qu'à suivre. Tâchons donc d'en trouver un autre plus généralement applicable. Je dirai à l'écrivain : Ne rougissez pas de travailler pour vivre; mais choisissez votre travail. Ne faites pas pour gagner du pain, ce qu'on ne doit faire que pour gagner de la gloire. La plume est une chose sainte : les choses saintes ne se vendent pas. Faites de votre vie deux parts; coupez en deux votre journée. Vous vous rappelez le grand et malheureux Jean-Jacques, copiant le matin de la musique, et se faisant le soir l'apôtre du sentiment moral, l'énergique tribun du spiritualisme? Il ne faut pas imiter en tout J. J. Rousseau : on ne copie plus guère de musique depuis qu'on la lithographie. Je ne vous dirai pas même : Faites comme son *Émile ;* exercez un métier. *Émile* était bon de son temps; c'était un paradoxe nécessaire, une façon de grossir sa voix pour se faire entendre. Je sais bien que, de nos jours, on a fait grand bruit de nos poëtes tailleurs, menuisiers, forgerons : je respecte ces messieurs, et voudrais de grand cœur les admirer; mais je sais aussi quelles sont les exigences de l'industrie. On ne prend pas d'un métier à son aise ; on n'est pas ouvrier dilettante. Les organes fatigués par une longue journée de sueurs sont plus aptes à convier l'esprit au sommeil qu'à le suivre dans ses méditations. Désirons, mais sans l'espérer trop vite, que l'artisan puisse réserver chaque jour quelques heures bénies pour lire, pour penser, pour faire son métier d'homme. En attendant, puisse l'homme de lettres trouver une occupation peu fatigante, assez fructueuse, et qui ne lui enlève qu'une portion de sa journée. Qu'il soit artiste, professeur, bureaucrate. Qu'il fasse des portraits : l'impatience des modèles lui laissera des loisirs. Qu'il enseigne quelques heures : s'il a un peu de célébrité, les élèves ne lui manqueront pas. Qu'il aligne des chiffres et rédige des factures : le grand-livre en partie double n'épuisera pas son imagination. Vico était professeur public; Fichte donnait chaque jour une leçon de grec, pour ne pas rester sans cesse face à face avec sa pensée. Charles Lamb était le modèle des employés, et Samuel Rogers dirigeait une maison de banque. On ne peut composer tout le jour; le gagne-pain est une distraction utile : on revient chez soi plus avare des heures furtives de l'étude. Enfin je ne suis pas plus sévère que Boileau; je ne défends pas à un auteur de « tirer de ses écrits un profit légitime. » Son livre se vend-il; je m'en réjouis : c'est une gratification que lui accordent les Muses, un supplément à son salaire. Plus il en obtiendra de pareils, moins il aura besoin d'en attendre, plus il approchera de la position indépendante que nous lui avons souhaitée.

Les lettres savent fort bien se frayer seules leur route et se passer de l'appui du pouvoir. Je ne sais même si les charges de ses faveurs n'en excèdent point les bénéfices. Toutefois, en supposant qu'une administration éclairée et bienveillante jugeât à propos de protéger les hommes qui écrivent, on conçoit, d'après ce que nous venons de dire, quel genre de bienfaits il faudrait lui demander pour eux. Qu'elle se garde bien de les combler de ces écrasantes distinctions que Napoléon Ier, par un sentiment de justice posthume, rêvait pour le grand Corneille ! « S'il vivait de mon temps, disait-il, je le ferais ministre [1]. » Ah ! sire, grâce pour Corneille ! il n'aspire pas à descendre. Vous avez en lui un grand poëte : peut-être en feriez-vous un ministre médiocre. Faute de Corneille, Napoléon chercha à prendre Ducis : *l'oiseau sauvage* [2] sut échapper aux embûches bienveillantes du tout-puissant chasseur. Écoutez, ô Mécène, et vous aussi, heureux Auguste, ce qu'il faut à ce fils d'affranchi qu'on appelle Horace : votre amitié d'abord, s'il vous juge dignes de la sienne. Il est discret, puisqu'il a de

1. J'écrivais ce *Discours* en voyage, sans livres, sur les rochers de la Hougue, qui me servaient de bureau. Il n'est donc pas étonnant que mes citations, faites de mémoire, ne soient pas toutes textuelles. J'ouvre après coup mon *Mémorial de Sainte-Hélène*, et je trouve que l'Empereur voulait faire de Corneille, non pas un *ministre*, mais un *prince*; ce qui, au point de vue du travail imposé, n'est pas du tout la même chose.

Je me console de ma faute en m'apercevant qu'un spirituel *Bourgeois de Paris* l'a faite avant moi dans ses *Mémoires* (t. I, p. 76), et cela sans être à la Hougue.

2. C'est le mot de Ducis lui-même dînant à la Malmaison. Le

l'esprit ; il n'abusera pas de vos prévenances. Ensuite voici le but suprême de son ambition : un petit champ avec une source vive, un peu de bois, une modeste maison, et surtout la liberté d'y vivre à ses heures, à sa guise, la permission de ne pas vous voir, quand il lui prend fantaisie d'être seul. Tout cela peut se traduire en français du XIXe siècle : Vous, Pouvoirs publics, qui désirez protéger les lettres, ce luxe impérial des grandes nations, aidez les écrivains à gagner l'indépendance. Vous distribuez des places, des faveurs de toutes sortes : réservez pour eux les emplois qui exigent de l'intelligence, mais qui laissent des loisirs. Donnez-leur le temps d'avoir du talent. Ne les entraînez pas dans le tourbillon des affaires : laissez-les flotter tranquillement au bord ; mais surtout distinguez avec soin le mérite d'avec l'intrigue. Ne prétendez pas trop en juger par vous-mêmes. Louis XIV

général Bonaparte demande de quelle espèce de véhicule le poëte s'est servi pour venir, et apprenant qu'il a tout simplement loué un fiacre : « Cela ne se peut pas, dit-il ; il faut qu'un homme de votre âge, de votre talent, ait une bonne voiture à lui, bien simple, bien commode. Laissez-moi faire : je veux arranger cela. » — « Général, reprit Ducis, en apercevant une bande de canards sauvages qui traversaient un nuage au-dessus de sa tête, vous êtes chasseur : voyez-vous cet essaim d'oiseaux qui fend la nue ? Il n'y en a pas un là qui ne sente de loin l'odeur de la poudre et ne flaire le fusil du chasseur. Eh bien ! je suis un de ces oiseaux. Je me suis fait canard sauvage. » *Essais de Mémoires, ou Lettres sur Ducis*, lettre III.

avouait sans honte que Despréaux s'entendait mieux que lui à apprécier des vers. Vous avez des académies, des sociétés savantes : consultez leurs jugements ; mais consultez surtout ceux du public. Une nation n'est pas suspecte de camaraderie : la gloire ne sait pas mentir.

LES CHERCHEURS D'OR.

I

LE POËTE ET LE BANQUIER.

DIALOGUE.

Hier au soir, aux Tuileries,
Sur la haute terrasse où l'on
A planté le hideux moellon,
Sous prétexte d'*orangeries*,
Deux hommes s'abordaient en se serrant la main.
Leurs mises néanmoins étaient fort différentes :
L'un sec, rapé, semblait avoir connu la faim ;
L'autre avait l'air aisé qui dit : moi, j'ai des rentes :
C'étaient d'anciens amis de collége ; le sort
Les avait séparés depuis leur rhétorique :
L'un s'était fait banquier ; l'autre à la muse antique,
Vieil enfant, se vouait, rêvait, rimait à mort.
Jamais les deux amis n'échangeaient de visites ;
Comme si, par l'instinct d'une vague pudeur,
Ils fuyaient, celui-ci les airs de protecteur,
Celui-là le vernis fâcheux de parasite.
La terrasse pour eux semblait tracée exprès :
C'était des deux quartiers le bord quasi champêtre,

Terrain neutre, où, le soir, sans façon, sans apprêts,
Ils se trouvaient parfois, ils se cherchaient peut-être.

— Eh bien ! Quoi de nouveau ? dit hier le banquier :
N'as-tu pas quelque chose encor sur le métier ?
— Toujours.
— Un drame ?
— Oh ! non. Pour aborder la rampe,
Quand on n'est pas connu, mon cher, il faut qu'on rampe ;
Et moi je marche.
— Un livre ?
— Encor moins : au lecteur
On ne peut parvenir qu'à travers l'éditeur.
— Que fais-tu donc enfin ?
— Je concours.
— En Sorbonne ?
C'est ton champ d'Austerlitz : mais, mon cher, je soupçonne
Que ton âge dépasse un peu le règlement.
La limite a baissé d'un an tout récemment.
— Railleur !
— Allons, j'entends : c'est à l'Académie.
Tu veux du Monthyon qu'aux auteurs elle émie.
Je ne lèguerai point, si quelque jour je meurs,
De prix pour le travail *le plus utile aux mœurs ;*
Mais enfin, puisque ainsi l'on entend le partage,
Tu fais bien de vouloir ton morceau d'héritage.
— Non : cette fois encor tu n'as pas deviné.
J'ai pour l'Académie un respect obstiné ;
Mais quant à ses concours, je ne m'y frotte guère :
Je ne suis point *bâtard de son apothicaire.*
— Et quelle est donc l'arène enfin qui t'a tenté ?
— C'est le concours ouvert par la Société
Des gens de lettres. Fier de croire à leur sagesse....

— Garde tes compliments pour les mettre en ta pièce ;
Car ce seront des vers, si l'on en fait encor.
Et quel est le sujet donné ?
— *Les Chercheurs d'or.*
— Certe, à l'esprit du temps ces messieurs sont fidèles :
Les peintres manqueront plutôt que les modèles.
— Le sujet est fort beau.
— Peut-être.
— J'en réponds.
D'abord le départ de l'Europe.
Sur un grand navire à trois ponts
Je mets nos émigrants. Déjà se développe
Devant leurs yeux pensifs l'Océan indompté :
Début solennel du voyage,
Quand au sein de la brume au loin s'enfuit la plage,
Et qu'autour du vaisseau s'étend l'immensité !
Avec des cris joyeux a commencé la route.
Comme une lampe qui s'éteint,
Bientôt la gaîté meurt sous l'ennui qui l'atteint.
Les jours, les nuits, les mois s'écoulent goutte à goutte ;
Et toujours le grand ciel, toujours la grande mer,
Toujours le grondement des pistons du *steamer*,
Et le tourment rongeur d'une ardeur impuissante,
Et l'amer souvenir de la patrie absente....

— Tout cela c'est fort bon, mais fort banal aussi.
Tout voyage au long cours peut se décrire ainsi.
De l'or, mon cher, de l'or ! c'est là le but. Poëtes,
Ah ! vous l'oubliez trop, beaux rêveurs que vous êtes.

— Eh bien ! m'y voici. Devant moi
S'ouvre la région où germe l'or. Je voi
Les vastes champs de Marysville.
Aussi loin que les yeux peuvent porter, un camp

De tentes et d'abris en feuillage s'étend :
Toute la plaine est une ville.

Les fleuves tourmentés ont détourné leurs cours.
Je vois leurs flots jaunes et lourds
Tomber en écumant sur d'énormes jetées
Et dans de nouveaux lits fuir brisés et vaincus ;
Tandis que des milliers de mineurs, pâles, nus,
Fouillent les fanges convoitées.
Le jour silence ardent : tout travaille et se tait;
Tout dispute au courant l'or captif qu'il portait :
La nuit de mille feux, de mille cris s'anime.
Dans le verre toujours vidé, toujours rempli,
L'un cherche le plaisir, l'autre un brutal oubli :
Partout hurle l'ivresse et l'orgie unanime.

Puis la fièvre du jeu s'allume dans leur sang.
Sous le flambeau fumeux, sur la table grossière,
L'or informe, lingot ou pépite ou poussière,
Court en flux et reflux, sauve ou tue en passant.
Au centre est le banquier, assis près de la mise,
Qui, la balance en main, le pistolet armé,
Pèse le brut enjeu, taille les cartes, vise
Quiconque vers son or tend un bras affamé.
Des masses de joueurs autour de lui foisonnent,
Pêle-mêle hideux de costumes divers,
Chaos de nations, boue humaine, où résonnent
Tous les patois de l'univers.
Fils du vieux continent, enfants de l'Amérique,
Français vifs, fiers Anglais, Yankee aux cheveux d'or,
Espagnols au teint vert, Chinois à l'œil oblique,
Tous dévorent des yeux le coup futur encor.

Comme un vautour qui plane, isolé dans la tente
Le Mexicain, drapant sa guenille éclatante,

D'un vaste *sombrero* voile son fier regard :
Et, quand il n'a plus d'or à jeter en pâture
Au banquier impassible, il fouille sa ceinture,
Et ses doigts convulsifs tourmentent son poignard.

Et cependant tout dort dans l'immense savane
Qui presse en ses longs bras l'étroite caravane :
Le grand ours noir s'étend sur des crânes broyés;
Sur trente pieds de tour le chêne centenaire
Élargit son aubier lézardé du tonnerre,
Insoucieux des nains qui grouillent à ses pieds.

— Assez, mon cher, assez de ta Californie !
Je te plains si tu prends la chose tout unie.
Parce qu'on t'a parlé de *chercheurs d'or*, tu crois
Qu'il faut aller fouiller l'Amérique et ses bois.
Mais c'est un lieu commun, un vrai pont aux.... poëtes :
Ils y voudront passer tous, pauvres mais honnêtes.
Pour toi Sacramento n'est qu'un *placer* usé.
Ne sais-tu pas qu'après le mineur peu rusé
Qui dans son *claim* boueux va tout nu se morfondre,
Vient l'habile marchand d'Amsterdam ou de Londre,
Qui, sous son paletot doublé de molleton,
S'engraisse, vieux Bertrand, de tout l'or de Raton ?
Fais comme lui, mon cher, reste chez toi : la France
T'offre des *chercheurs d'or*, hélas ! en abondance.
Regarde autour de nous; puis prends ta plume, écris.
Le vrai San-Francisco, poëte, c'est Paris.

— Peut-être as-tu raison.... une bonne satire....
En effet.... J'entrevois mille choses à dire....
Combien de Paturots, riches d'invention,
Cherchent, à nos dépens, *une position* !
L'industriel qui fait sa fortune à la course,
Les chemins, les crédits, le gaz, l'emprunt, la bourse,

Les faillis, les escrocs.... Toi-même, cher banquier,
Qui fabriques si bien l'or avec du papier....
Voilà, voilà mes gens !
— Garde-toi bien d'omettre
L'auteur qu'affrianda le prix les Gens de lettre[1].
Ce stoïque de *l'or* a bien quelque souci,
Et, s'il n'en trouve pas toujours, en *cherche* aussi....
Mais, crois-moi, ne fais point cette satire étroite.
Le chemin le plus court n'est pas la ligne droite.
Vingt autres ont ainsi traité la question.
Pour toi, fuis à tout prix la déclamation.
C'est une vieille fille au ton rogue, à l'air raide,
Qui reste, en grisonnant, méchante et devient laide.

Moi, si j'étais poëte, eh bien ! je montrerais
L'or sous d'autres aspects, moins vulgaires, plus vrais,
J'étalerais d'abord devant mon auditoire
Tous les produits des arts au berceau de l'histoire,
Les champs de nos aïeux, leurs rustiques maisons,
Et les grossiers tissus que tressaient leurs toisons.
Je montrerais ces biens, à l'échange inhabiles,
Aux pieds des producteurs sommeillant immobiles,
Jusqu'au grand jour où l'or, véhicule puissant,
Dans le corps social coule comme le sang.
Denrée universelle, heureuse marchandise,
L'or, allumant partout sa sainte convoitise,
Fuirait de mains en mains, traînant comme un torrent
Ces trésors étonnés de le suivre en courant.

1. Si quelque critique se formalisait de cette orthographe, nous le prions de remarquer qu'elle est autorisée pour nous par la dixième ligne du programme officiel de la *Société des gens de lettres;* quoique le compositeur n'eût pas d'aussi bonnes raisons que notre banquier pour négliger cette petite *s*.

Le commerce pour moi serait une balance :
Dans l'un de ses plateaux, à base large, immense,
Tous les produits du monde entreraient à la fois,
Dans l'autre l'or, l'argent feraient le contre-poids.

Puis, transportant la scène au temps de ma jeunesse,
Je peindrais l'industrie augmentant sa richesse,
Et versant tout à coup dans le premier bassin
Des masses de valeurs qui naissent de son sein.
L'équilibre est rompu : la monnaie impuissante
Ne peut plus assouvir la demande croissante.
Les deux cents millions qu'en leurs tonneaux pesants
Le Pérou, le Mexique entassent tous les ans,
Équivalent à peine aux flots légers de soie
Qu'à l'avide étranger le Rhône seul envoie.
Nos sept milliards d'or, façonnés en un dé
Ne présenteraient pas cinq mètres de côté ;
Nos vingt-huit milliards d'argent, roulés en dôme,
N'iraient pas aux trois quarts de la place Vendôme [1].
Cependant la vapeur, au travail permanent,
A métamorphosé l'antique continent.
Mille esclaves d'acier sans relâche produisent ;
Mille réseaux de fer au grand soleil reluisent.
Un principe nouveau, l'association,
D'un comptoir de marchands fait une nation.
Chaque instant voit éclore une jeune entreprise
Qui des vieux capitaux réclame l'entremise.
Faut-il que l'industrie arrête son essor?
Que va-t-il advenir? Les détenteurs de l'or,

1. Évaluation de M. Michel Chevalier, d'après Humbold. Il est clair que nous parlons de la masse totale des métaux précieux chez les nations civilisées, et non pas seulement du numéraire livré à la circulation.

Élevant à haut prix leur denrée inféconde,
Dicteront-ils la loi sur le marché du monde?
Non : jadis l'Amérique à nous se révéla;
Aujourd'hui comme alors la Providence est là.

— Puisse-t-elle introduire un seul mot poétique
Dans ton économie âprement politique!

Pour suppléer à l'or trop rare, on étendit
L'heureux emploi d'un or idéal, le crédit.
Le papier vint en aide à l'espèce qui sonne;
Et, pourvu qu'il promît de paraître en personne,
Tout écu de cent sous eut son représentant.
Un bulletin léger fut de l'argent comptant.
Désormais chaque somme eut donc un double usage,
D'un côté marcha l'or, de l'autre son image.
Par cet ingénieux moyen de financer,
Quiconque eut de l'argent put toujours s'en passer.
Sur un seul milliard, modeste numéraire,
L'Angleterre bâtit son crédit téméraire.
Le sucre et l'indigo, dans ses docks déposés,
Sur l'aile des *warrants* volent mobilisés.
L'immortel Washington, au bout de l'Atlantique,
Fonda sur le crédit la grande république.

Mais l'abus est du bien l'éternel compagnon.
Ces faciles trésors, fils de la fiction,
Qui reposent couchés sur un papier mobile,
Ressemblent aux écrits de l'antique Sibylle :
Ils portent l'avenir sur leurs frêles tissus;
Mais malheur! si le vent vient à souffler dessus!

En France le papier n'est pas très-populaire :
Ce n'est qu'un suppléant, on veut le titulaire.
Dieu protége la France.... il daigne à point nommé

Offrir à ses besoins son métal trop aimé.
Tandis qu'en mille emplois notre avoir se hasarde,
Au secours du crédit accourt l'arrière-garde !
Des pics de l'Australie aux rives de l'Oural
S'ouvre des millions le concours général.
Les voilà qui partout germent, sortent de terre,
Comme au printemps les fleurs d'un humide parterre.
Ne craignez point cet or à longs flots épanché :
Ce sont des acheteurs qui viennent au marché.
Produisez, produisez : que les arts, l'industrie,
Accablent de produits cet or qui les en prie.
Dans ce vaste trafic qui change bien pour bien,
Français, celui-là seul perdra qui ne fait rien.
Naguère avec la faim l'Europe était aux prises ;
Cet or l'a fait sortir vivante de ces crises ;
Il soutient aujourd'hui notre effort de géant
Pour imposer la paix à l'injuste Orient.
Ces braves millions, comme ils vont à la guerre !
Comme ils y sont puissants ! Pareils aux dieux d'Homère,
Ils combattent toujours près des frêles humains,
Et restent immortels.... bien qu'ils changent de mains.

Homère, le poëte à qui tout rend hommage,
A tracé quelque part une admirable image :
Il étend une chaîne au plus haut de l'éther ;
L'un des bouts tient au monde, et l'autre à Jupiter ;
Et le grand Jupiter lui seul contre-balance
Et la terre et les cieux et l'Océan immense.
Si je faisais des vers, et pouvais sans façons
Enfler un peu la voix dans mes comparaisons,
Je tendrais ici-bas une homérique chaîne ;
J'en riverais un bout à l'industrie humaine,
A la science, aux arts, aux fruits.... que sais-je encor ?

A l'autre serait seul, comme Jupiter, l'or.
Si l'or, du roi des dieux imitant la puissance,
Menaçait d'entraîner sous son obéissance
L'esprit par l'avarice et le bras par la faim,
Je dirais : Ajoutez de l'or, et du plus fin :
Telle est l'étrange loi qui maintient l'équilibre.
Plus il a de patrons, plus le client est libre :
Les écus se feront concurrence à leur tour ;
Midas à jeun viendra chapeau bas chez Véfour.
Multipliez les biens, et, diviseur immense,
Le genre humain aura pour quotient l'aisance.

Donc que les chercheurs d'or, sur la Plume et l'Oural
Recueillent bravement leur trésor minéral.
Ce n'est pas pour eux seuls que dans leurs mains il brille ;
Leur conquête enrichit la commune famille.
Qu'ils y songent ou non, il nous importe peu :
La passion de l'homme est l'instrument de Dieu.

Le banquier s'animait : son ami le poëte
Secouait doucement la tête
Et le regardait en riant.
« Voyons, dit l'autre, franchement
Du plan que j'ai tracé dis-moi ce que tu penses. »
— « Je pense que des vers pareils seraient compris
Et risqueraient d'avoir le prix....
Au ministère des finances. »

II

LES TROIS NORMANDS.

CONTE.

I

La bonne aventure.

Dans un hameau normand, tout au bord de la Manche,
L'assemblée[1] étalait les habits du dimanche;
Le violon criait, debout sur un tonneau,
Comme un flamant perché sur un rocher sans eau:
Et la danse berçait, gracieuses nacelles,
Trente bonnets cauchois pavoisés de dentelles.
Soudain les entrechats s'arrêtent; tous les yeux
Se tournent vers un coin de la place, et joyeux
Les jeunes gars, laissant leurs danseuses derrière,
Accourent au-devant de la bonne sorcière.
C'est une vieille à l'œil bénin, au gras menton,
Qui vient branlant la tête et pressant son bâton,
Sourire à ces ébats du jeune voisinage,

1. On appelle en Normandie l'*assemblée*, ce qu'on nomme aux environs de Paris la *fête*, à ceux de Lyon, la *vogue*.

Et se remémorer qu'elle eut jadis leur âge.
On la voit rarement en public, mais toujours
On l'accueille avec joie. Aurore des beaux jours,
Tout l'avenir reluit sur sa douce figure :
Elle a pour tout le monde une *bonne aventure;*
Et promet à chacun son rêve favori,
Au vieillard un trésor, à la fille un mari.
« Poursuivez, poursuivez, mes enfants, leur dit-elle :
Laissons pour le moment toute autre bagatelle.
L'espoir, voyez-vous bien, vaut moins que le plaisir :
Dansez, je veux vous voir heureux tout à loisir;
C'est ma bonne aventure à moi. — Non, non; ma mère,
Apprenez-nous la nôtre. — Enfants, point de chimère!
Dieu seul sait l'avenir. — Il vous l'a dévoilé.
Dites; nous danserons quand vous aurez parlé.
— Eh bien! il me faut donc contenter votre envie.
A trois d'entre vous tous je prédirai leur vie,
Aux trois plus courageux : car je veux vous punir,
Et vais prophétiser un terrible avenir. »
Un frisson parcourut la crédule assemblée,
Et la troupe un instant s'arrêta refoulée.
Enfin, piqués d'honneur, trois garçons forts et grands,
Non sans pâlir un peu, s'avancent hors des rangs.
De son regard perçant la vieille les pénètre,
Les voit hardis et fiers, se rappelle peut-être
Que ce sont avant tout des Normands, et leur dit :
« Voici ce que pour vous mon petit doigt prédit :
VOUS SEREZ CHERCHEURS D'OR; mais sur trois que vous êtes,
Un seul possédera de l'or. Jouez, musettes.
Danseurs, en avant deux! » Danseurs et violon
Reprirent la gambade et le joyeux flon-flon;
Et les trente bonnets ruisselants de dentelles
Au souffle harmonieux déployèrent leurs ailes;

Mais les trois jeunes gens, du sort tristes élus,
S'assirent tout pensifs, et ne dansèrent plus.

II

Pierre.

Trois mois plus tard *la Fleur*, de vivres bien munie,
S'envolait de Cherbourg vers la Californie.
Pierre, un de nos héros, était novice à bord.
Longtemps on put le voir, debout près d'un sabord,
Regardant osciller, dans la brume légère,
Le village où sans lui pleurait sa pauvre mère.
Mais un cœur de seize ans n'a point un long souci;
La terre disparut, et le chagrin aussi.
Pierre sentit bientôt s'élargir sa poitrine
A ce souffle enivrant de la brise marine.
Sur les yeux du patron sans cesse il avait l'œil;
Il grimpait aux haubans, plus vif qu'un écureuil;
Et, du haut du grand mât, contemplait en silence
Cet Océan sans fin, comme son espérance.
Poëte, il eût été là-haut sur son terrain;
Mais il était Normand et songeait fort au gain.
Pendant les cinq grands mois que dura le passage,
Il entendit causer les hommes d'équipage.
Comme on peut bien penser, ces gens-là parlaient d'or;
Et quand ils se taisaient, Pierre écoutait encor.
Dès qu'à San-Francisco l'ancre eut mordu le sable,
Notre mousse, épiant un moment saisissable,
De son modeste avoir légèrement chargé,
Partit pour les placers, sans demander congé.

Là notre Ulysse errant trouva mainte aventure.

D'abord Pierre, envasé jusques à la ceinture,
Pour draguer le limon du précieux torrent,
Loua, pauvre Raton, ses griffes à Bertrand.
Bientôt d'un bras nerveux saisissant la *battée*,
Il y vanna dans l'eau cette boue agitée.
Vous avez vu parfois cet instrument d'osier
Qui sépare le grain du tégument grossier :
Fabriquez-le de fer; versez-y le mélange
De la poussière d'or unie avec la fange;
Mais ne secouez pas cet énorme poêlon,
Si vous n'avez les bras d'Hercule ou de Milon!
Il faut pousser, lancer, bercer une heure entière,
Pour amener au fond quelques grains de poussière.
Pierre était en enfer tombé du paradis.
S'il gagnait neuf dollars, il en dépensait dix;
Et des voleurs, voulant le décharger du reste,
Ne trouvèrent un soir à prendre que sa veste.

Le mousse fugitif, instruit par le malheur,
Regrettait vivement l'entrepont de *la Fleur*.
D'un *steamer* complaisant il obtint par prière,
De redescendre au port le long de la rivière.
Par bonheur son navire était encor mouillé.
Par la désertion sans cesse éparpillé,
L'équipage manquait de bras pour la fatigue;
La cambuse s'ouvrit devant l'Enfant prodigue;
Mais, au lieu du veau gras, le capitaine aigri
Faillit tuer de coups le novice maigri.

La Fleur, huit jours après, remettait à la voile.
Que Pierre eut de plaisir quand il largua la toile!
Qu'il dormit doucement, bercé dans son hamac,
La nuit, quand l'Océan s'apaisait comme un lac!
Mais qui dira sa joie au jour où sur la plage

Il revit le clocher de son pauvre village,
Il embrassa sa mère, il s'assit au foyer,
Mangea le sarrasin, qu'un lait pur vint mouiller,
Et raconta tout fier aux femmes accourues
Les merveilles sans nom que lui seul avait vues!
« Quel pays! Sous vos pieds l'or et les diamants
Poussent comme un varech sur nos rochers normands.
C'est le vrai paradis qu'on prêche au catéchisme.
— Et que rapportes-tu, mon Pierre? — Un rhumatisme. »

III

Jacques.

Si jamais pour un an vous quittez le pays,
Soyer sûr qu'au retour manquent quelques amis.
Jacque, un des trois élus de *la Bonne Sorcière*,
Était pendant ce temps parti pour sa croisière.
D'un bel amour de l'or son cœur s'était épris;
Mais sa Californie, à lui, c'était Paris.
Il avait, comme Pierre, avec intelligence,
Grimpé sur les hauts bancs qu'offre la diligence;
Et trente heures après, par un épais brouillard,
Il mouillait dans la cour de Laffitte et Caillard.
Assis sur les crochets d'un commissionnaire,
Avec sa veste ronde et son air débonnaire,
Il admirait Paris, quand un passant coquet
Le pria de le suivre en portant son paquet.
Une pièce d'argent qu'il toucha pour sa peine
Jeta dans son esprit une lueur soudaine :
Comme un conseil du sort il reçut ses bienfaits,
Prit la plaque de cuivre et marcha portefaix.

Au coin d'un liquoriste il établit sa tente;
Il plut au débitant, moins qu'à la débitante.
Il fallut un garçon : à l'unanimité
Au conseil du comptoir Jacque fut adopté.
Qu'il était beau d'orgueil, assis sur sa banquette,
Versant aux chiffonniers l'enivrante piquette!
Dans sa douce Capoue il pouvait s'endormir :
Par bonheur son patron s'avisa de mourir;
Et la veuve éplorée inventa pour remède
D'épouser sans retard le jeune Ganymède.
La veuve, il est bien vrai, n'était point une Hébé;
Sous cinquante printemps son lustre était tombé :
Mais ses beaux jours avaient, en fuyant, sur leur route
Laissé vingt mille écus recueillis *goutte* à *goutte*.
Aussitôt *Monsieur* Jacque, armé de cet argent,
Entreprit davantage : usurier diligent,
Il servit de son mieux la pauvre espèce humaine.
Ses fonds prêtés faisaient leur petite semaine;
Et, grâce à leur labeur énergique, incessant,
Ces valeureux écus rendaient six cents pour cent.
Bientôt Jacque attaqua la misère qui brille,
Quitta le chiffonnier pour le fils de famille;
Et, démocrate pur dans l'art du financier,
Il rendit tous les rangs égaux devant l'huissier.
Ne méconnaissant pas sa fortune première,
Sans peine il descendait jusqu'à l'humble chaumière.
Un noble cœur peut-il oublier son pays?
Les paysans cauchois furent ses favoris.
Bien souvent rue aux Ours, dans l'arrière-boutique,
Venait, bâton en main, un visiteur rustique,
Un acheteur de champs manquant de fonds. D'abord
Il roulait dans ses mains son feutre à large bord,
Et semblait, comme autour de son chapeau de laine,

Vouloir tourner autour du sujet qui l'amène.
Enfin il dit son cas; l'emprunt se fait : l'instant
De l'échéance accourt; l'or n'en fait pas autant.
On demande un délai; l'adroit prêteur l'accorde;
Mais c'est pour mieux serrer qu'il allonge la corde.
Les intérêts gonflés, dans un billet fatal,
Prennent sournoisement le nom de capital;
Et l'imprudent acquêt, plus que payé peut-être,
Reçoit de par la loi Monsieur Jacque pour maître.

Alors maître Renard, par l'odeur alléché,
Court à ce temple grec où l'or tient son marché.
Ses deux poings en avant, il fend la foule, il perce
Jusqu'au parquet; il mord à ce chanceux commerce.
Pour se moquer des gens, la Fortune à tous coups
Dans ses grossières mains entasse les atouts.
Il se rue au milieu du *comptant* et du *terme*.
Il achète, il revend et la *prime* et le *ferme;*
Bientôt dans la coulisse il peut passer docteur;
Usurier émérite, il devient *reporteur;*
Et, jouant sans danger pour son prudent pécule,
Sur les spéculateurs Monsieur Jacque spécule.

Le voilà riche enfin, riche à faire pitié!
Mais voici le revers : sa fidèle moitié
S'opiniâtre à vivre; et, véreuse créance,
Sa mort en vain prévue a manqué l'échéance.
Sans enfants, en lui seul habile à s'enfermer,
Jacque ne connaît point le vrai trésor, aimer.
Naguère il acheta, tout près de son village,
Un château, d'un marquis magnifique apanage.
Ses anciens compagnons, choqués de son orgueil,
De l'arrogant manoir ne foulent point le seuil.
Il voulut voir le monde : on l'accueillit, pour rire

Du parvenu grossier qui sait à peine écrire.
Le maire et le curé sont à sa table admis :
Il a des courtisans, mais non pas des amis.
Et quand on voit passer, l'air froid, la tête altière,
Monsieur Jacque du Parc, notre *Bonne Sorcière*
Dit, en branlant son chef bien sain, quoique ridé :
Jacque n'a pas son or, il en est possédé.

IV

Jean.

Reste un seul *chercheur d'or*. Fidèle à son village,
Jean restait en effet dans son humble héritage.
Si vous voulez le voir, montez l'étroit chemin
D'où l'œil ravi se perd sur l'Océan lointain.
Dans ces pommiers tortus voyez-vous à mi-côte
Une maison qui s'ouvre et semble inviter l'hôte?
Un chaume vert fleurit sur ses murs de granit;
Et, comme des petits d'hirondelle en leur nid,
Deux beaux enfants rieurs, que le hâle colore,
Sous les yeux maternels gazouillent dès l'aurore.
Leur belle et jeune mère, agile, en jupon court,
De la chambre au jardin va, vient, voltige ou court.
La maison sous ses pas brille élégante et nette,
Comme si d'une fée elle avait la baguette.
Deux mains ceindraient sa taille élancée en palmier;
Mais malheur à célui qui voudrait l'essayer.
De son bonnet plissé tombe une blonde tresse,
Qui ferait dépérir d'envie une comtesse;
Et ses grands yeux d'azur, tournés vers le sentier,
Disent que son bonheur n'est pas là tout entier.

Jean n'est pas revenu. Dès l'aube matinale,
De ses grands bœufs normands pressant la marche égale,
Il est au champ voisin parti jusqu'à midi.
Le voyez-vous là-bas, sur le sillon tiédi
Qui fume en déroulant au loin sa bande noire,
Et s'étend sous le soc, comme un ruban de moire ?
Jean travaille avec joie et, le cœur tout content,
Songe au baiser qu'il laisse, au baiser qui l'attend.
Il embrasse à la fois dans son âme ravie
L'avenir de l'année et celui de la vie;
L'un tout chargé d'épis, de pommes couronné,
L'autre de ses enfants grandis environné.
Que son Paul sera fort! Que belle est sa Marie!
Que de jaloux un jour, s'il faut qu'on la marie!
Parmi ces doux pensers Jean marche plus joyeux:
La brume a disparu, le sillon s'ouvre mieux;
Et sur ces rêves d'or, que sans doute il inspire,
Dieu répand son azur comme un divin sourire.

En attendant ces fruits d'un songe complaisant,
Jean cueille déjà mûrs les bienfaits du présent.
Robuste et diligent, des labeurs il se joue;
L'éclat de la santé rayonne sur sa joue.
Aisé sans opulence, et sage sans leçons,
Il ne possède d'or que celui des moissons.
On l'appelle au conseil qui régit la commune;
Il s'asseoit marguillier dans la sainte tribune.
Il visite très-peu Jacque en son château fort;
Mais, sans le voir souvent, il l'aime et plaint son sort.
Les autres compagnons de son adolescence
L'affligent rarement d'une trop longue absence;
Sa maison a pour eux un couvert toujours mis:
Plus heureux que Socrate, il la remplit d'amis.

Souvent dans le jardin, sous la treille champêtre
Où verdit un raisin qui rougira.... peut-être,
On s'assemble, on redit l'histoire des vieux temps;
L'ancien soldat refait ses exploits éclatants :
Pierre, hardi marin, de retour d'un voyage,
Raconte entre deux eaux quelque effrayant naufrage;
L'auditoire en frémit, et, pour se rassurer,
Boit un cidre écumeux que Jean vient de tirer.

Et du bonheur d'autrui la vieille toujours gaie
Se dit, en allongeant au travers de la haie
Sa tête aux cheveux blancs, qui branle et rit encor :
Voici celui des trois qui seul a trouvé l'or.

BIBLIOTHÈQUE IMPÉRIALE

TABLE DES MATIÈRES.

BIBLIOTHÈQUE IMPÉRIALE

FIN DE LA TABLE.

Ch. Lahure, imprimeur du Sénat et de la Cour de Cassation
(ancienne maison Crapelet), rue de Vaugirard, 9.

www.ingramcontent.com/pod-product-compliance
Ingram Content Group UK Ltd.
Pitfield, Milton Keynes, MK11 3LW, UK
UKHW022126170726
13837UKWH00003B/1395